Le coup de la girafe

Faites un bon coup aujourd'hui :
visitez notre site :
www.soulieresediteur.com

**Du même auteur
chez le même éditeur:**

**Série: La bande des 5 continents
illustrée par Louise-Andrée Laliberté**
Pacte de vengeance, 2007
Les vampires des montagnes, 2007
L'étrange M. Singh, 2006
Le monstre de la côte-Nord, 2006
La mèche blanche, 2005

Chez d'autres éditeurs:
Trente-Neuf, éditions du Boréal, coll. Inter, 2008.
Finaliste au Prix du Gouverneur Général du Canada
2008, Prix Alvine 2009
Au temps des démons, éditions de l'Isatis, coll.
Korrigan, 2008
Le Sentier des sacrifices, éditions de la courte échelle,
2006
Les tueurs de la déesse noire, éditions du Boréal, coll.
Inter, 2005
Les crocodiles de Bangkok, éditions Hurtubise, coll.
Atout, 2005
Le ricanement des hyènes, éditions de la courte
échelle, 2004, Prix du Gouverneur Général du Canada
2005
La déesse noire, éditions du Boréal, coll. Inter, 2004
L'intouchable aux yeux verts, éditions Hurtubise, coll.
Atout, Mention spéciale du jury, Prix Alvine-Bélisle
2005

WWW.CAMILLEBOUCHARD.COM

Camille Bouchard

Le coup de la girafe

SOULIÈRES ÉDITEUR
www.soulieresediteur.com

case postale 36563 — 598, rue Victoria,
Saint-Lambert, Québec J4P 3S8

Soulières éditeur remercie le Conseil des Arts du Canada et la SODEC de l'aide accordée à son programme de publication et reconnaît l'aide financière du gouvernement du Canada par l'entremise du Fonds du livre du Canada (FLC) pour ses activités d'édition. Soulières éditeur bénéficie également du Programme de crédit d'impôt pour l'édition de livres – Gestion Sodec – du gouvernement du Québec.

Dépôt légal: 2012
Bibliothèque nationale du Canada
Bibliothèque nationale du Québec

Catalogage avant publication de Bibliothèque et Archives nationales du Québec et Bibliothèque et Archives Canada

Bouchard, Camille

Le coup de la girafe
Collection Graffiti ; 72)

Pour les jeunes à partir de 11 ans.

ISBN 978-2-89607-150-0

I. Titre. II. Collection: Collection Graffiti ; 72.
PS8553.O756C68 2012   jC843'.54   C2011-942429-0
PS9553.O756C68 2012

Illustration de la couverture:
Carl Pelletier (Polygone Studio)

Conception graphique de la couverture:
Annie Pencrec'h

À ceux qui se sentent différents.

1

CHIBOU

J'ouvre la porte de la garde-robe de ma chambre. Mon foulard pend de la tablette du haut. Il y a des piles de chandails, chemises et chaussettes. Rien de trié. Je place mon linge comme ça adonne quand ma mère le laisse sur ma couette après la lessive. Je n'ai pas de commode.

Il faut dire que ma chambre est la moins spacieuse de l'appartement. La pièce qui aurait dû me revenir, maman l'utilise pour son lit et ses choses à elle. La troisième chambre, la plus grande, sert plutôt de salle de massage. C'est le gagne-pain de ma mère.

Pour recevoir ses clients, il vaut mieux que la pièce ne soit pas trop petite. Il faut beaucoup d'espace autour de la table pour que maman puisse circuler. Puis il y a l'armoire avec les serviettes, les huiles, les chandelles parfumées et toutes ces choses. Une patère pour les vêtements des clients. Un gros fauteuil dont je ne reconnais pas tout à fait l'utilité. Et des rideaux qui pendouillent du plafond pour créer une atmosphère. Sans compter la console pour l'appareil stéréo, les haut-parleurs et la pile de CD, la tablette où brûlent les bougies et l'encens, le coffre secret... avec les seringues.

C'est pour ça que ma mère et moi, nous nous contentons des deux autres pièces.

Il y a aussi la cuisine, le salon et les toilettes. Mais je me vois mal y dormir.

Ce matin, donc, dans ma chambre trop petite et sans commode, je suis un peu pressé. Je me suis levé en retard et l'autobus pour l'école passera bientôt. Par la fenêtre, au quatrième étage de notre immeuble, j'aperçois déjà le toit orange du véhicule. Il dépasse du banc de neige au bout de la rue voisine. Tant pis si je n'ai pas le temps de déjeuner. Ce ne sera pas la première fois.

Je tire sur le foulard. La pile de linge tombe. Je reçois trois paires de bobettes sur le nez. Une chance qu'elles sont propres.

Mais au lieu de filer au plus vite vers la cuisine puis la sortie, je reste là. Figé sur place, les yeux vers la tablette du haut. Mon sang s'est glacé dans mes veines. Même si je porte ma grosse veste d'hiver.

Un vieil ennemi vient de surgir pour me narguer. Je croyais ne plus avoir à l'affronter. Mais il est là.

Chibou.

Joli nom, pas vrai ? Surtout pour un lion.

Mais il ne faut pas se fier à son air taquin

et à ses yeux suppliants. Il ne faut pas compter sur la douceur de sa peluche beige ni sur l'innocence de son petit collier de soie. Il ne faut pas se laisser attendrir par son attitude câline, de toutou dans l'attente d'une caresse.

Chibou est un salaud. Une merde.

Un traître.

Mes jambes deviennent molles. Une sueur abondante se met à couler sur mon visage. Il est vrai que je porte ma tuque à l'intérieur depuis un moment déjà. Je m'effondre au milieu de mon linge.

— Jacob ! Ça va, mon bébénouchet ?

J'aime bien quand maman m'appelle ainsi. Mais je reste le nez en direction du plancher. Je ne veux pas lever le regard vers ma garde-robe et apercevoir de nouveau ce fichu...

— Chibou ! dit maman. Il y a longtemps que j'avais vu ce toutou. Tu l'avais égaré, mon bébénouchet ? Viens. Redresse-toi et je vais le...

— Nooon !

Pas question que ma mère permette à cette saloperie de revenir sur mon lit. Alors, je refuse de me remettre sur pied. Et je pleure.

Fort. Vraiment fort. Le front appuyé contre le tapis élimé de ma chambre.

— Jacob, bébénouchet ! susurre maman en me serrant dans ses bras, à demi couchée sur moi.

Elle ne demande plus ce qui m'arrive. Elle sait que je resterai muet. Elle ignore tout de Chibou.

Et c'est mieux ainsi.

Elle sent bon, ma mère. Ses cheveux pendent devant mon visage en distillant le parfum doux de son shampoing. Un rideau de soie qui fleure la lavande.

Elle est belle, ma mère. Pas comme toutes les mères, non. Belle comme ces femmes fatales des magazines de la salle de massage. Elle a des yeux qui confrontent le ciel d'hiver par leur immensité, leur profondeur et leur couleur.

Elle est belle, ma mère. Plus qu'une mère. Les clients le lui disent souvent. Surtout ceux qui reviennent sur une base régulière. Ceux qui, parfois, espèrent un baiser au moment de partir.

— Non, réplique-t-elle toujours, ses lèvres rouges et pleines transformées tout à coup en une simple ligne étroite. Et droite.

— Vous êtes jolie, Olga.

— Même à quarante-cinq ans.

— Mais l'âge est cruel, Olga.

— Un jour, Olga, vous le regretterez...

Charmant prénom, Olga. C'est plus pittoresque que Sylvie. Quoique Sylvie soit le vrai prénom de maman. Olga, c'est pour le travail. Ça sonne russe.

Ma mère vient du Saguenay.

Un jour, j'ai entendu une chanson qui m'a fait rire. Une chanson de Jacques Brel. Les paroles me rappelaient maman :

Madame traîne son enfance qui change selon les circonstances,

Madame promène partout son accent russe avec aisance.

C'est vrai que Madame est de Saint-Fulgence.

En fait, la chanson disait « Valence », mais Saint-Fulgence...

— Tu vas rater l'autobus.

Je me relève en évitant de tourner les yeux vers la garde-robe. J'essuie mes larmes du plat de la main. Je demande :

— Maman, il est où le bonheur ?

— Écoute... tu entends ?

— Quoi ?

— Est-ce que tu entends un bruit ? Mais un très très grand bruit ?

— Non.

— Alors, c'est que le bonheur est ici.

Je ne comprends rien à ce que ma mère raconte. J'accepte son bisou sur ma joue. Je note qu'elle se lève sur le bout des pieds. Je suis plus grand qu'elle. Normal. Je suis un homme. J'ai quinze ans.

Le docteur dit que, dans ma tête, j'ai six ans. En ce cas, comment se fait-il que je sois en première secondaire, hein ? Il en connaît beaucoup, lui, des six-ans en première secondaire ?

—Plus question de le garder au primaire, a affirmé un monsieur avec des lunettes grosses comme ça et une moustache piquetée de poils blancs.

—Nous avons du personnel spécialisé pour soutenir les professeurs dans le régulier... mais nos effectifs sont limités, a précisé une dame très sèche avec un nez plat comme celui d'un cochon.

Je riais dans ma main.

—En première secondaire, il côtoiera des étudiants de seulement deux ans plus jeunes que lui...

—Trois ans, a rouspété ma mère.

—*Parfois* trois ans, a corrigé la moustache en remplaçant ses grosses lunettes d'un mouvement sûr de l'index. Mais, au moins, il sera au secondaire.

—Et puis, dans un an, nous réévaluerons ses résultats, a dit le groin. De plus, si une place s'est libérée parmi nos ressources...

Je riais toujours. Je m'en fichais de changer de degré ou d'institution.

À l'école, je n'avais pas d'amis, de toute façon.

2

LE « PACOM »

Quand je monte dans l'autobus, j'ai droit aux regards neutres habituels. Je rentre la tête dans les épaules, m'intéresse intensément au plancher, puis avance dans l'allée. Je m'accroche à la main courante au-dessus de moi, car le véhicule redémarre. Ma place coutumière est prise. Celle du troisième banc à partir de l'arrière, à droite. Jade qu'elle s'appelle. Pas ma place, la fille qui se l'est appropriée.

Bon.

Vu que je suis le dernier élève à monter à bord, il ne me reste plus beaucoup de choix : un siège troué à gauche, ou celui à côté de ce moron d'Imbeault et, finalement, les deux bancs sans recouvrement au fond. La place régulière de Jade est prise par une fille avec une veste orange. Je ne la connais pas. Une nouvelle, sans doute.

Tant qu'à me retrouver près d'Imbeault, j'aime mieux un siège sans cuirette.

Je m'apprête donc à poursuivre jusqu'à l'arrière de l'autobus quand je sens une main se poser sur mon bras.

— Ben quoi, le *pacom* ? Tu vas pas aller scraper tes culottes sur les rembourrures finies du fond ? Assis-toi à côté de moi.

Imbeault.

Je m'arrête, mais je ne dis pas un mot et, surtout, je ne lève pas le nez du plancher.

— Envoèye, assis-toi icitte près de la fenêtre, tu vas être bien.

— Ben oui, le *pacom*. T'es donc ben timide, à matin.

Ça, c'est Morve. L'un des deux *colocus* d'Imbeault. L'autre se nomme Bobette...

— Le *pacom*, c'est un complexé, alors faut le réconforter.

Celui-là, justement. Tout le monde appelle ces deux adolescents de douze ans des « *colocus*», car ils se tiennent toujours derrière Imbeault. Ils lui collent au cul, quoi. Et comme pour bien illustrer leur surnom, leur place dans l'autobus est derrière le chef de leur petite bande de minables.

— Assis-toi avant de tomber, insiste Imbeault en tirant sur mon bras.

Je n'ai guère le choix que d'obéir. Je passe comme je peux entre Imbeault et le dossier devant lui, puis me retrouve coincé sur le siège contre la fenêtre.

Genoux collés, sac sur mes cuisses, mains l'une sur l'autre, je n'ose lever le menton. Je sens le regard de mon voisin me scruter des pieds à la tête aussi sûrement qu'un scanner. Du coin de l'œil, je perçois le rictus moqueur de ses lèvres.

Imbeault a quatorze ans, peut-être quinze comme moi. En tout cas, il est costaud. Et bête. Bête... pas dans mon genre... je veux dire, pas parce qu'il a de la difficulté à comprendre les explications de nos professeurs... enfin, oui, sinon il ne serait pas seulement en première secondaire... Ce que j'essaie de démontrer est qu'Imbeault est bête parce qu'il fait des... bêtises. Avec ses deux complices. Aussi bêtes que lui, ça va de soi.

Imbeault est blond, mais pas de cette nuance douce qu'arborent les cheveux de ma mère. Plutôt d'une teinte blondasse rappelant les herbes qui pourrissent à la fin de l'automne. Il a le nez long et large qui semble lui prendre tout le visage. Au centre du menton, une fossette suggère qu'il était peut-être un joli bébé même si, maintenant, il a une sale tête.

Bien sûr, il s'agit de ma perception, car je ne l'aime pas.

—Ta tuque, le *pacom*, on dirait qu'elle a la couleur du foira, rigole Bobette qui s'est levé derrière moi et s'amuse à rabattre mon bonnet de laine sur mes yeux.

—Ça va bien avec ton teint de marde d'oiseau, ajoute Morve en éclatant de rire.

Les *colocus* ont douze ans. Je n'ai jamais retenu leur nom exact, mais chacun mérite bien son sobriquet. Morve, par exemple, a toujours... enfin, presque toujours, la guédille au nez. Surtout l'hiver. Comme en ce moment. Il est dégueulasse. Je ne comprends pas. Sa mère ne lui a jamais enseigné à se moucher ? L'idée m'amuse. Je souris.

—Ah ! s'exclame Bobette. Il a le sens de l'humour, le *pacom*. Ça le fait rire qu'on y dise que sa face ressemble à de la marde.

Et il me donne une tape sur le crâne.

Le surnom de Bobette vient du fait que la taille de son pantalon est tenue si bas qu'on voit tout le temps son caleçon. Je ne sais pas comment il peut supporter de toujours avoir à remonter son pantalon pour ne pas se retrouver soudainement les cuisses à l'air.

Surtout qu'il est souvent facile de constater que les dessous du *colocu* ne sont pas de première fraîcheur.

—*Pacom ! Pacom !* répète Morve en me donnant, à son tour, autant de tapes sur la tête.

Quand je soulève les épaules, comme ça, mon menton vient s'appuyer sur ma poitrine. Les coups résonnent moins.

—Qu'est-ce que t'as mis dans ta boîte à lunch, *pacom* ? demande Imbeault en plaçant ses grands doigts huileux sur mon sac d'école. Montre-nous ça.

Je me cramponne à l'une des sangles pour empêcher Imbeault d'avoir accès à la fermeture éclair. Morve est debout, les aisselles appuyées contre le dossier de mon banc.

—Lâche! ordonne-t-il avec une tape plus forte sur mon crâne. Lâche ça. Juju veut juste s'assurer que toute est ok pour toi.

Juju, c'est Imbeault, car son prénom est Jules.

—Lâche, je dis!

Cette fois, Morve frappe avec plus d'intensité. J'abandonne la sangle.

Autour de moi, les autres élèves de l'autobus font semblant de ne s'apercevoir de rien. Aucun ne tient à avoir affaire à cette bande de salauds.

—C'est faite avec quoi, ça? s'informe Imbeault, les lèvres plissées dans une moue de dégoût, en extirpant un sandwich de mon sac. Du creton?

J'ai horreur du creton. Il s'agit de beurre d'arachide. Et c'est évident.

—C'tu ta mère qui a faite ton lunch, *pacom*? demande Morve, toujours au-dessus de ma tête. Y est dégueu.

Imbeault écrase mon pain dans sa main. Le beurre d'arachide s'en extrait et se répand. Le misérable fait en sorte de maculer mes bottes, comme de raison.

— C'tu ta mère qui prépare des sandwiches dégueu de même ? insiste Imbeault en cherchant à croiser mon regard.

Mais je me garde bien de lever le nez de mes genoux.

— Ta mère avec ses grosses boules ? ricane Bobette. Elle a un beau décolleté dans le journal, *pacom*. Tout le monde connaît son annonce de masseuse. On dit qu'a travaille tout nue. C'est-tu vrai ?

— Paraît qu'y a juste des hommes qui viennent chez vous, soutient Morve.

— A montre-tu ses grosses boules à ses clients, ta mère ? insiste Bobette.

Je sens le rouge de la colère – et de la honte – s'attaquer à mes joues. Je relève le nez pour regarder les *colocus*, mais dès que je croise l'expression narquoise d'Imbeault, je reviens vers mes genoux.

— Hein ? A leur montre-tu ses grosses boules ? répète Bobette tandis qu'Imbeault écrase mon deuxième sandwich contre le dossier du banc devant lui.

Il jette ensuite mes raisins sur le plancher.

— Oh ! Ça, j'aime ça, s'exclame Imbeault en extirpant mes *Oréo* du sac. Je les prends pour... pour te dompter, tiens.

L'autobus vient de s'arrêter dans la cour de l'école.

— T'avais juste à répondre à nos questions, lance Morve en m'envoyant une dernière tape sur le crâne.

— Et pas avoir une mère cochonne, renchérit Bobette qui rejoint son complice dans l'allée.

— Et la prochaine fois, apporte une boîte à lunch moins dégueu, conclut Imbeault en essuyant sur ma veste ses mains tachées de beurre d'arachide.

J'ai toujours le nez penché en direction de mes genoux. J'attends que l'autobus se vide. Je sortirai en dernier, rien que pour m'assurer que Juju et ses *colocus* seront déjà loin.

Et pour ne pas croiser le regard des élèves qui descendent du véhicule.

Je déteste le mépris que je lis chez les uns, l'indifférence chez les autres, mais pire encore, la pitié chez certains. Ça, la pitié, je ne peux pas supporter.

— Pourquoi ils t'appellent « pacom » ?

3

L'ARRIVÉE À L'ÉCOLE

— Pourquoi ils t'appellent « pacom » ? Qui c'est, celle-là ?

— Ils t'embêtent souvent, comme ça ?

Je m'apprêtais à quitter mon siège, mais là, je ne bouge plus. Je m'applique à garder le nez vers mes genoux. Du coin de l'œil, je reconnais la veste orange. C'est la nouvelle qui a pris la place de Jade.

— Je m'appelle Chloé. Je viens d'arriver à ton école.

Elle a une voix douce. Elle a l'air gentille. Je tourne un œil vers elle, mais très peu. Juste pour dire. Je ne vois toujours pas son visage. Il y a du beurre d'arachide sur ma manche gauche, du poignet au coude. Ma mère va penser que je n'ai pas fait attention.

— C'est plate changer d'école en plein milieu de l'année scolaire, mais je n'avais pas le choix.

Ah, flûte ! J'en ai aussi sur mon collet en peluche.

— Alors, les copains ? Vous sortez ou vous attendez jusqu'à ce soir que je vous ramène chez vous ?

Ça, c'est Mario, le chauffeur. Tout le monde est descendu de l'autobus et là, il s'impatiente.

— Tu viens ? demande la fille. Sinon, on risque d'être en retard pour le premier cours.

Je me lève. J'aime sa voix. Mais je m'obstine à ne pas regarder son visage. Des fois que ses traits ne correspondraient pas à son ton. Ça arrive. De très jolis timbres et des figures méchantes. C'est le cas de mon docteur avec sa belle voix grave et reposante, mais ses paroles qui attristent toujours maman. L'inverse est vrai aussi, heureusement. Il y des clients qui, au téléphone, me paraissent détestables, mais qui, une fois chez nous, me donnent un DVD. Je m'empresse alors d'aller devant la télé et ma mère est d'accord, même si c'est l'heure des devoirs.

Je suis hors de l'autobus. La veste orange est toujours à mes côtés. La fille fait en sorte de rester en ma compagnie tandis que nous nous dirigeons vers l'entrée de l'école. Je ralentis, elle ralentit. J'accélère, elle accélère.

— Je vivais chez une famille d'accueil, mais là, mon grand-père a obtenu ma garde. C'est formidable.

Vraiment une très jolie voix.

— Dépêchez-vous ! Dépêchez-vous !

La directrice adjointe s'énerve dans le long couloir qui mène à nos casiers. Elle ne nous gronde pas, car elle semble pressée avec ce gros dossier sous son bras. Des groupes se forment aux portes des locaux. Un carillon autoritaire incitera bientôt tout ce monde à regagner sa place.

— La première cloche est sonnée, annonce une fille.

— Merci, lance Chloé.

Elle me prend par le coude, sans se soucier du beurre d'arachide. Je garde les yeux sur mes pieds qui vont très vite sur le carrelage marqué par les stries noires des bottes de caoutchouc. Chloé dit :

— Le temps de jeter nos vestes dans les casiers et de courir à nos classes, on ne sera pas en retard.

Nous croisons des étudiants qui marchent rapidement dans toutes les directions.

Je reconnais le numéro de ma case. Je m'arrête.

— C'est là ? fait Chloé. D'accord. Moi, c'est ici, pas loin. À bientôt, alors !

Elle me présente le dos et file. J'ose regarder dans sa direction. Je vois un gros rideau de cheveux bruns se balancer contre sa veste orange à la hauteur des omoplates. Elle tient un sac d'école dans une main et un gros bonnet noir dans l'autre.

Elle se tourne brusquement pour me jeter un coup d'œil. Avant de m'attaquer à la com-

binaison de mon cadenas, j'ai le temps d'apercevoir son visage.

Il est aussi joli que sa voix.

Au dîner, j'évite soigneusement la table où
mangent Juju Imbeault et ses *colocus*. Il n'y a
guère de monde autour d'eux, d'ailleurs. Peu
les aiment. J'y aperçois seulement deux grands
de cinquième secondaire à qui la bande de
minables n'osera jamais s'attaquer.

Je trouve un coin retiré près des grosses
poubelles. Ça sent un peu, alors personne ne
s'y rassemble pour manger. J'aurai la paix. Je
vais tenter de me rassasier avec ce qui a échappé
au dédain d'Imbeault. Je fais l'inventaire : huit
raisins, une pomme qui était au fond du sac,
ma bouteille d'eau. C'est mieux que rien.

— Hé ! Salut ! Ça va ?

Je sursaute et lève les yeux de surprise.
Qui... Ah ! La fille à la veste orange. J'aurais dû
reconnaître sa voix même si elle porte maintenant l'uniforme de l'école. Je m'intéresse aussitôt à mes mains autour de la pomme sur la
table.

— Je peux m'asseoir avec toi ?

Depuis quand me demande-t-on mon
avis ? Sauf pour mieux rire de moi avant de
me repousser ? Je me lève.

—Non, non, reste ! Je t'en prie.

« Pourquoi ? »

Je me rassois. Je suis incapable de ne pas faire ce qu'on me demande. Sauf avec maman. Mais pas toujours.

—Je suis Chloé. Si tu me regardais, tu me reconnaîtrais.

Elle a un joli rire aussi.

4

LE GRAND-PÈRE D'AFRIQUE

— Dis donc, Chloé, t'as pris de la lasagne ?

Qui c'est, celui-là ? Je lève le nez juste ce qu'il faut pour observer un garçon de mon âge s'asseoir en face de la fille. Une grosse bouchée lui déforme la joue. Comme je suis sur le banc, au bout de la table, je me retrouve entre eux. Elle à ma gauche, lui à ma droite.

— Ça ne te plaira pas, reprend le nouveau venu en plaçant une assiette devant lui. Les pâtes sont tièdes.

— Je déteste manger quand ce n'est pas chaud, réplique Chloé...

Je vois glisser ses doigts au-dessus de ma pomme.

— ... mais au moins, j'ai de quoi dîner. Ce n'est pas le cas de notre ami.

« Ami ? »

— Comment ça ? s'étonne le garçon. C'est tout ce que tu as, le grand ?

Il se tourne à demi avant de poursuivre sur un ton dégoûté :

—Ça pue, ces poubelles. On ne peut pas aller manger plus loin ?

—Non, répond Chloé. C'est la seule table qui soit tout à fait libre et notre ami tient à dîner un peu retiré des autres.

Elle se penche si près de moi que je dois baisser le menton plus encore pour ne pas rencontrer ses yeux.

—Sauf avec nous, pas vrai ? insiste-t-elle. Tu veux bien qu'on mange avec toi ? Mon copain, ici, s'appelle Romain.

—Salut, Jacob, réplique Romain. On se connaît. Je suis en troisième secondaire, mais on se croise souvent dans l'école, toi et moi. Sauf que tu ignorais peut-être mon prénom.

—Alors, tu t'appelles Jacob ? s'informe Chloé.

J'ai un petit mouvement de tête pour faire « oui » et je risque presque de poser les yeux sur elle. Presque.

C'est joli sa façon de prononcer « Jacob ». Ce n'est pas de la même façon que ma mère. Et moins encore de la manière de mes professeurs.

—Ces trois idiots que tu aperçois là-bas, dit Chloé à l'intention de Romain...

—Imbeault et ses *colocus* ?

—Je ne connais pas leur nom. Ils ont harcelé Jacob dans l'autobus et lui ont bousillé son dîner.

— Ça ne m'étonne pas de ces minables.

« Minables ! » Bravo ! Ce garçon me plaît.

— Allez Jacob : prends.

Chloé déplace son assiette qui apparaît dans mon champ de vision.

— Je ne mangerai pas tout ça si c'est tiède, alors, autant que tu en profites.

— Je n'avalerai pas toute la mienne non plus, ajoute Romain, donc voici le tiers de ma part.

— Et tu peux utiliser la cuiller de mon dessert.

Je soulève les paupières et, pour la première fois, je me risque à regarder le visage de mes deux voisins. Ils ne rient pas de moi. Ils ont vraiment l'intention de partager leur dîner. Je le saurais sinon. Il y aurait un pli désagréable à la commissure de leurs lèvres. Un pli exprimant la raillerie et le dégoût mélangés.

Chloé a de grands yeux couleur de miel et ses traits m'évoquent le tableau russe que ma mère a suspendu dans la salle de massage. Sauf que la fille de la peinture est nue. Je chasse rapidement l'image de mon esprit.

— Pourquoi on t'appelle « pacom » ? demande Chloé pour la seconde fois.

J'entrouvre les lèvres pour expliquer, mais les sons ne sortent pas de ma bouche. Je comprends sa question, je connais la réponse, mais les mots ne se forment pas entre ma tête et ma langue. C'est Romain qui réplique à ma place.

— Parce qu'on dit de lui qu'il n'est « pas comme » les autres. C'est aussi niaiseux que ça.

— C'est un compliment, alors ? s'enthousiasme Chloé.

Rapidement, je hoche le crâne de gauche à droite. Oh, non ! ce n'est pas un compliment.

— Mais si ! insiste-t-elle. Quand on n'est pas comme les autres, quand on est différent, c'est qu'on est capable de traverser le monde avec un regard distinct. L'univers de chaque *pacom* est unique et ne se conforme pas à celui du premier venu.

Je ne comprends pas bien où elle veut en venir et je présume que les pupilles que je pose sur elle l'expriment bien. Pendant que je m'attaque à un premier morceau de lasagne avec une cuiller en plastique, Chloé dit :

— Prends le cas de mon grand-père, par exemple.

— Ah non, proteste Romain en levant les yeux au ciel. La bouche pleine, il poursuit : Chtu vas 'as nous 'épéter encowe cht'hisdoire-là.

Il avale, se penche vers moi et précise, comme dans une confidence :

— Dans son oral, en français, elle a tenté de nous faire gober cette anecdote impossible.

—C'est arrivé pour de vrai ! clame aussitôt Chloé avec une mine faussement outrée. Mon grand-père est fantastique et c'est pour ça que j'espérais depuis si longtemps que la DPJ me permette de vivre chez lui.

—Écoute ça, mon Jacob, mais reste sur tes gardes, me confie Romain d'un air mystérieux. Il n'y a rien d'authentique, mais elle y croit.

Son œil droit devient très rond tandis que le gauche s'affaisse à demi. C'est vraiment drôle.

Je ris dans ma main en manquant de m'étouffer avec ma bouchée de lasagne tiède. Chloé, les deux coudes sur la table, sa fourchette balayant l'air, reprend :

—Ne fais pas attention à lui. Écoute : mon grand-père, il est fantastique parce qu'il est comme toi, un *pacom* ! Voilà au moins vingt ou trente ans, en tout cas, bien avant que je sois née, il vivait en Afrique. Au Kenya. Ma grand-mère est décédée assez jeune et je pense que papy avait, à cette époque, une nouvelle conjointe africaine. Enfin, de ça je ne suis pas certaine... et ça n'a pas d'importance. Donc, mon grand-père, il aidait à construire des ponts et des chemins de fer... C'est un homme dont tout le monde apprécie les talents et la gentillesse.

Chloé fait une pause en prenant une bouchée de lasagne. Elle me quitte des yeux un moment, le temps de mâcher en observant distraitement les tablées, plus loin. J'en profite pour détailler rapidement ses traits fins, les taches de rousseur pâlottes qui piquettent le bout de son nez et le sommet de ses joues. Quand je m'aperçois que Romain me fixe d'un air, non pas supérieur, mais, disons, intrigué, je reviens vers ma cuiller. Pendant que je la porte à ma bouche, Chloé reprend :

— Un jour, deux ouvriers sous ses ordres ont été attaqués par un vieux lion solitaire. Papy en a été très affecté. Un sorcier du village où il demeurait lui a alors enseigné des paroles destinées à repousser de nouvelles agressions de ce genre.

— Tu entends ça, Jacob ? demande Romain en me tapotant le poignet avec le bout de ses doigts. Un magicien africain a appris à son aïeul à parler aux animaux. Le pire, c'est qu'elle va maintenant te dire, comme pendant son oral, que lorsque le lion est revenu – lui ou un autre, comment les distinguer ? – quand le lion est revenu, donc, son grand-père, utilisant ses tout récents pouvoirs, aurait convaincu la bête de retourner d'où elle venait sans toucher à ses ouvriers.

— C'est vrai ! Papy m'a tout raconté en détail !

— Si on la laisse faire, poursuit Romain, elle finira par croire qu'elle est la petite-fille du docteur Dolittle.

Et il éclate d'un grand rire... en mettant la main devant sa bouche, car il vient d'y insérer une pleine fourchette de lasagne. Chloé lui lance une expression malveillante. Enfin, si on ne tient pas compte du pli amusé qu'elle s'efforce de retenir à la commissure des lèvres. Le regard qu'ils échangent est rempli d'amitié. Je les trouve beaux ainsi, tous les deux.

Et si je peux en juger de la sorte, c'est que je me permets maintenant de garder le menton plus haut et de poser mes yeux sur eux. Enfin, pas directement, mais quand même.

— Vous... vous, des amoureux ? que j'ose balbutier avant d'obliger ma bouche à se taire en enfournant une masse de pâtes.

5

LA GIRAFE

Amoureux ?

— Au lieu de se moquer de moi ou de paraître embarrassée, Chloé poursuit :

— Penses-tu ? Un grand dadais comme Romain ? J'aimerais mieux que papy laisse les lions me bouffer.

— Moi, j'ai déjà une blonde qui va dans une autre école, confirme Romain. Si on se connaît, Chloé et moi, ça ne fait pas longtemps. Son grand-père, par contre, je le croise depuis que je suis tout petit, vu qu'il vit dans la même rue que mes parents.

Il rit avant de préciser :

— Et je ne crois pas que ce bonhomme qui a soixante ans...

— Cinquante-sept ! corrige Chloé.

— Que ce bonhomme de *cinquante-sept* ans, qui vit seul – enfin, vivait seul avant l'arrivée de Chloé –, dit à peine bonjour à ses voisins, ne soit jamais sorti de notre ville. Les uniques escapades qu'on lui connaît, c'est son jogging quotidien. Avec son crâne chauve et sa barbe grisonnante, il ressemble plus à un vieil écrivain grognon qu'à un aventurier.

— Je refuse d'en entendre davantage, réplique Chloé en repoussant ce qui reste de sa lasagne vers moi.

Elle se lève à demi et dit :

— Je vais retrouver les *colocus* qui ont sûrement une conversation plus intelligente.

Persuadé qu'elle est sérieuse, je relève brusquement la tête et m'exclame :

— Non !

Elle s'esclaffe en se rassoyant. Romain s'amuse autant qu'elle tandis qu'il pose une main affectueuse sur mon bras.

— Ne t'en fais pas, Jacob, me rassure-t-il, encore secoué de rire. Elle nous aime beaucoup trop pour faire une pareille bêtise.

Je les observe tour à tour, hésitant, exprimant ma confusion et la crainte que, peut-être, après tout, Chloé se sent offensée par l'incrédulité de Romain. Ce dernier, pour me rassurer davantage, change de sujet de conversation. Il se penche au-dessus de la table pour se rapprocher de Chloé et de moi, et baisse le ton en disant :

— Savez-vous quelle sortie les profs nous préparent pour célébrer la semaine de relâche ?

— Personne ne le sait, répond Chloé. Et toi non plus. C'est une surprise.

Romain cambre les reins en plaçant les deux mains à plat sur la table. Il prend la pose d'un gars plein d'assurance.

— Moi, je sais.

Même lorsqu'il se déforme de dizaines de plis soucieux et que ses sourcils s'embrouillent dans des courbes sévères, le visage de Chloé reste lumineux. Elle réplique à Romain par une question :

— Comment peux-tu le savoir ?

Romain jette un œil autour de lui comme s'il craignait d'être entendu puis, rassuré, reprend :

— J'ai surpris une conversation de Juliette, la bibliothécaire, avec la directrice. J'étais en train de lire une bédé, enfoncé dans le fauteuil qui fait le coin... Enfin, qu'importe ! Les deux femmes ne savaient pas que j'étais là et j'entendais tout. La directrice demandait à Juliette de répertorier les livres et les sites internet les plus intéressants traitant des mœurs animales. Elle doit en faire une affiche qu'elle placardera sur les murs de l'école.

— Et ? fait Chloé en soulevant exagérément un seul sourcil.

— Il y aura un travail à faire sur ce sujet au retour de la relâche, poursuit Romain. Évidemment, il variera en fonction des niveaux. Jacob, par exemple, devra effectuer une étude sur la vie des grands mammifères, nous, sur les insectes, et les quatrième et cinquième secondaires, sur les bouleversements écologiques dus au réchauffement climatique.

— Je ne vois toujours pas ce qui te permet d'affirmer connaître la sortie surprise prévue par l'école pour célébrer la relâche, soupire Chloé en me faisant un clin d'œil complice.

Romain accentue encore son air satisfait pour déclarer :

— En préparation de ce travail, nous irons... au zoo !

— C'est fermé.

J'ai répliqué. Moi-même. Très rapidement, sans même réfléchir. Comme un réflexe. C'est que, précisément, pas plus tard que la semaine dernière, j'ai demandé à ma mère d'aller voir les girafes, et elle m'a répondu exactement ce que je viens de répéter.

— C'est fermé.

J'aime les girafes. J'aurais aimé les voir de près. Comme pendant les vacances, l'été dernier.

Et je me balance d'avant en arrière sur mon banc. Romain devrait faire comme moi. Exprimer de la contrariété, peut-être même de la colère. Mais il continue de sourire. Ou il est trop gentil ou il n'a pas compris.

— C'est fermé, le zoo, en hiver, confirme Chloé.

— Justement ! s'exclame Romain en donnant une tape simultanée de ses deux mains sur la table.

On sent qu'il attendait cette réplique pour afficher le triomphe du secret qu'il nous confie. Il précise :

— Ce que la directrice a expliqué à Juliette est que l'école s'est entendue avec les dirigeants du zoo pour organiser une journée spéciale afin que les étudiants apprennent comment vivent les animaux en captivité, l'hiver. Ce sera le dernier vendredi avant la relâche.

Chloé fait une moue en me regardant. Elle dit :

— Voilà une vraie bonne idée. Ce sera intéressant, cette activité. Tu es d'accord, Jacob ?

Je m'agite un peu plus sur mon banc, mais pas de contrariété, de plaisir, cette fois.

— Oh oui, j'aime ça, les girafes.

Mes deux amis éclatent de rire. Pendant une seconde, je m'assure qu'ils ne se moquent pas de moi. En général, c'est ce qui arrive lorsque les mots se forment entre mon crâne et ma langue. Non, ils semblent se faire complices de mon plaisir.

Vite, j'écoute. Y a-t-il un bruit, mais un très très grand bruit quelque part ?

Je n'entends rien.

Donc, comme l'affirmerait ma mère, c'est le bonheur.

6

LA POURSUITE AUTOMOBILE

C'est l'un de ces clients qui apportent un DVD lorsqu'ils viennent se faire masser. Un gros homme avec une panse qui tombe sur ses cuisses. Il est riche, prétend maman, à cause de la qualité des vestons qu'il porte. Moi, je ne conçois guère de différence entre un vêtement gris et un autre gris-vert.

— Va ! Va, mon gars, qu'il commande en me remettant le boitier entre les mains, et en me tapotant le crâne. Tu verras, c'est un bon film. Il y a plein de poursuites automobiles.

Je n'aime pas les automobiles. J'aime les animaux. Les girafes et les wapitis. Les otaries et les kangourous. Et les girafes aussi. Ah ? je l'ai déjà dit.

— Va !

Je déteste quand on me tapote la tête.

— Mets le son très fort, précise-t-il lorsque je me saisis des écouteurs. Ça s'apprécie à fond la caisse, des poursuites automobiles.

Et il m'indique la direction du salon et de la télé comme si je l'ignorais. Je suis chez moi, idiot.

—Pas trop fort, quand même, corrige ma mère en entraînant le gros riche avec elle dans la salle de massage. Sinon, quand tu seras grand, tu seras sourd.

Je ris dans ma main. Je suis déjà grand, maman.

La porte se referme.

J'allume la télé et le lecteur de DVD. Écouteurs enfoncés dans les oreilles, j'ajuste le volume à un certain niveau. Le film débute.

Dès le générique, deux voitures de police chassent un camion-citerne.

Musique rock noyée de rugissements de moteur à plein régime.

Je l'ai déjà vu. Et plus d'une fois. Je pense que le même client d'ailleurs me l'avait apporté. Qu'est-ce qu'il croit ? Que j'oublie une histoire lorsque la télé s'éteint ?

Bruit de pneus qui crissent sur l'asphalte...

À moins que ce ne soit le patient de maman qui oublie m'avoir donné le DVD une fois de retour chez lui. Et rachète le même au moment de revenir. Je ris d'un air mauvais en direction de la porte. Client stupide.

Fracas de tôle froissée et de vitres qui éclatent.

Je monte un peu le son, car je n'aime pas percevoir en sourdine *Katioucha* qui s'échappe de la salle de massage.

« Pommiers et poiriers étaient en fleurs,
  Les brumes nageaient sur la rivière,

Katioucha sortait sur la rive,
Sur la haute rive escarpée. »
Je déteste !
Hurlement d'une femme dont la voiture va être
percutée par le camion-citerne.

Tant pis si je deviens sourd plus tard. Je hais Katioucha, mais je hais plus encore les râles que laisse filtrer la cloison trop mince.

De nouveau un cri de femme. Et les claquements d'une gifle. Puis d'une autre.

Ça ne vient pas du film.

Je monte le son davantage.

Le client est parti sans même un regard pour moi. Un bout de sa chemise de riche pendait de son pantalon en arrière. Même un tissu de qualité renvoie de vous une image déplorable si vous négligez de l'enfiler correctement.

Pendant qu'il chaussait ses bottes, remettait son veston puis son gros paletot, je fixais ses mains. Ses mains boudinées qui prennent plaisir à frapper une femme.

Une femme minuscule.

Il est sorti. J'ai ôté mes écouteurs. Ses pas se sont estompés jusqu'à l'ascenseur. Les portes se sont refermées et les câbles ont couiné.

Je me suis levé et je suis entré dans la salle de massage.

—Baisse la lumière, mon bébénouchet, tu veux bien ? Ça m'empêche de dormir.

Elle ronfle déjà, pourtant. Effondrée de travers sur le gros fauteuil. Son déshabillé est ouvert en partie sur son corps nu. Je peux fort bien distinguer les ecchymoses laissées par le client.

Jamais on ne la frappe au visage. Ma mère ne le permet pas. Pour éviter qu'on remarque, a-t-elle une fois soufflé à un homme qui n'avait pas pris soin de bien refermer la porte derrière lui.

Mais sous son peignoir ouvert, je vois bien les coups qu'elle accepte d'absorber. Et la piqure récente de la seringue.

C'est pour m'épargner ces détails que ma mère demande de tamiser l'éclairage. Comme si j'ignorais ce qui se passe pendant qu'on m'oblige à regarder des voitures se poursuivre.

Je n'ai pas seulement grandi en taille, j'ai grandi aussi dans ma tête. Je comprends maintenant des choses. Maman n'en prend pas encore conscience. Ou le contenu de ses seringues embrouille trop son esprit.

Le témoin vert du lecteur de CD est toujours allumé, bien que le Chœur de l'Armée Rouge se soit tu depuis un certain temps.

—Tu as... éteint... bébé... nouchet ?

Et plus je grandis, plus maman est légère dans mes bras.

Je l'étends sous sa couette, mais ne me résigne pas à sortir de sa chambre. Je la regarde un long moment, respirer, trembloter, tiquer, renâcler, ronfler, geindre... Je m'assois sur le plancher, jambes repliées sous moi, dos appuyé contre son lit.

Je me recroqueville peu à peu, mon tronc rejoint mes genoux, puis mon front touche le bois. Je frappe une première fois. Puis une deuxième fois. Puis je ne compte plus les coups.

Quand j'arrête, du sang goutte.

Je me redresse sur mes pieds. Par-dessus les chuintements de maman, je n'entends rien. Rien que les sons feutrés coutumiers d'un quatrième étage d'immeuble d'habitations.

Je me dirige vers l'entrée, enfile mes bottes, revêts ma veste d'hiver, écoute une dernière fois la respiration sifflante de ma mère, puis je sors.

Sur le trottoir, le froid mordant de février glace les larmes sur mes joues.

7

LE GRAFFITI

Il s'agit d'un haut mur de briques décrépit. Autrefois, il marquait la limite d'une cour appartenant à une usine qui n'existe plus. Il est vieux. Il est laid. Si je m'y intéresse autant, c'est à cause du graffiti. Un dessin qui ne ressemble pas à un dessin. Des droites mal tirées et des courbes en biseau.

Pourtant, il me plaît. En raison de cet élément à droite. Je ne sais pas ce que l'« artiste » – ou le vandale – a voulu exprimer, mais le galbe qu'il a tracé et le cercle qui s'y accroche rappellent un œil. Celui de ma mère. Rempli de quiétude. Celui-là même qu'elle pose sur moi quand, les soirs de clients doux, alors que je me suis couché avant leur départ, elle vient s'assurer que je dors.

Assis sur un banc mal déblayé, je reste à fixer le dessin. Je ne remarque même pas l'aspect sinistre des briques aux joints écaillés. Ni la neige jaune qui indique le circuit des chiens sans laisse. Un lampadaire esseulé jette une lumière fadasse couleur de margarine. À l'occasion, une voiture s'insinue entre le regard de ma mère et moi. Mais pas souvent. Ce n'est pas qu'il soit si tard, c'est seulement que les passants préfèrent les rues voisines. Mieux éclairées. Mieux déneigées.

L'œil ramène invariablement *Katioucha* à mon oreille. Un fredonnement silencieux, mais en même temps, assourdissant. Je hais *Katioucha*. Je ne comprends pas que les clients affectionnent le rythme quasi militaire de cette mélodie russe quand ils s'abandonnent aux mains de ma mère. Ni le reste de ses CD du Chœur de l'Armée Rouge, d'ailleurs. Sans doute, sous cette musique, les patients apprécient-ils mieux le pittoresque de leur masseuse étrangère. De leur Olga.

> « *Oh toi, chanson, petite chanson de jeune fille,*
> *Toi, vole à la suite du soleil clair.*
> *Et au soldat sur la lointaine frontière,*
> « *Transmets le salut de Katioucha.* »

Je place mes mitaines contre mes oreilles.

Ça ne change rien. Au contraire. Vu que la musique est dans ma tête, je la perçois plus fort encore.

Comme ce serait pratique d'avoir un commutateur dans le crâne ! Un bouton pareil à un lecteur de CD.

Sauf que, peut-être aurions-nous alors un petit témoin vert lumineux dans le trou de nos oreilles. L'image m'amuse.

—Pourquoi qu'tu ris dans ta mitaine comme un con, le *pacom* ?

Quand Morve et Bobette ne collent pas au derrière de leur chef de meute, ils sont beaucoup moins courageux. Ils ne s'attardent pas. Une fois qu'ils ont exprimé leur mépris à celui qui ne leur ressemble pas, qu'ils se sont persuadés d'avoir trouvé plus minable qu'eux, ils sont satisfaits.

Aussi, lorsque leurs claques sur ma tuque et leurs coups de pied dans les jambes m'ont jeté dans la gadoue, ils se calment. Ça ne les amuse plus.

Ou la crainte de voir apparaître un passant les convainc de ne pas flâner.

Qu'importe. Ils s'en vont. Non sans rire, bien sûr. Ni sans balancer des obscénités sur ma mère. Ni sans m'avoir rempli la bouche de neige jaune. Mais ils s'en vont.

C'est très mauvais. La neige jaune, je veux dire.

Toutefois, puisque j'ai déjà l'âpreté de la honte dans la gorge, puisque je vomis dans la minute qui suit, le goût ne reste pas.

J'essuie une coulisse sur le bord de mes lèvres avec ma mitaine. S'étend sur mon menton un mélange de glace, de flocons souillés et de vomi.

Je me relève tout en gardant la tête enfoncée dans les épaules. Je suis embarrassé qu'un passant puisse avoir été témoin de ma nouvelle humiliation. Heureusement, il n'y a personne. Je suis seul sous l'œil bienveillant de ma mère et la lumière couleur de margarine.

Je tourne le dos au mur de briques et je repars en direction de chez moi.

C'est seulement après trois pas que je me rends compte que je boite. L'une de mes bottes est restée près du banc.

8

LA PROPOSITION

Dans l'autobus qui m'amène à l'école, Juju Imbeault et ses *colocus* sont plutôt tranquilles. C'est qu'un grand de cinquième secondaire, pour une raison ou une autre, a choisi de s'asseoir sur le banc libre près du chef de la bande. Jade a repris sa place habituelle, libérant la mienne pour Chloé. Une étudiante dont je ne me souviens plus du nom a préféré le siège du grand de cinquième, ce qui...

Chloé me fait un signe enthousiaste de la main. Oui, oui, je veux bien occuper l'emplacement qui, de coutume, est voisin du mien.

— Tu as une drôle de mine, ce matin ! fait-elle remarquer lorsque je la rejoins. Est-ce que ça va ?

« Oui, oui », répond ma tête d'un hochement rapide. Je ressens une douleur dans les muscles de ma nuque. Séquelle de la veille. Bandits de *colocus* !

— Tu es sûr ? insiste Chloé, en se penchant pour tenter de saisir mon regard – que, comme toujours, je m'efforce de maintenir sur mes genoux.

Le mauvais cuir de mon sac d'école couine sous mes doigts trop crispés.

—Bien. Si tu le dis...

Le visage de Chloé disparaît de l'angle extrême de ma vue. Je me redresse un peu.

—Jacob, je voulais te demander quelque chose.

L'arc-en-ciel de sa mitaine se pose sur mon avant-bras. En général, je ne supporte pas ce genre de contact – sauf de ma mère, et encore ! Toutefois, je ne bronche pas. Pour Chloé, je tolère. Même que j'en ressens... presque du plaisir.

—Demain après-midi, Romain et moi, nous n'avons pas de dernière période. On se retrouve chez moi pour écouter un documentaire sur les animaux africains. Romain tient à se préparer d'avance. Ce travail sur la faune l'emballe beaucoup. Et le film en question, c'est un truc de la télé française pour lequel mon grand-père a travaillé dans le temps.

Je la regarde.

—Ton grand-père ? Dans le film ?

Elle rit. On dirait un oiseau qui chante. Je reviens vers le dossier du siège devant moi. Je ferme à demi les paupières pour mieux écouter.

—Mais non, pas à l'écran... Papy conduisait la jeep de l'équipe technique.

Si son rire se voyait au lieu de s'entendre, je crois qu'il serait un ensemble de cristaux grésillant de lumière pareils à une pluie d'étoiles filantes. Un ciel trop noir qui explose soudain en milliards de...

— La compagnie pour laquelle il travaillait avait accepté de collaborer avec les producteurs, question de pub, je pense. Enfin, ce n'est pas l'important. Donc, voilà : j'ai vérifié, et ton groupe aussi est libre, demain. Aimerais-tu te joindre à Romain et à moi pour venir écouter l'émission à la maison ?

Je ne suis pas certain d'avoir bien compris sa proposition. Alors, quand les pensées ne se forment pas convenablement dans ma tête, j'ai pris l'habitude de ne pas répondre.

— Ça te plairait, Jacob ?

Ne pas répondre.

— Pourquoi tu ne dis rien ?

— Je suis pas certain. Pas certain. Pas certain. Pas certain. Pas certain. Pas certain de bien savoir quoi...

Encore des étoiles filantes.

— À la maison, chez moi. Je t'invite. Écouter un film sur les animaux.

À la maison de Chloé... à la maison de Chloé... Et toutes ces étoiles filantes !

— Papy viendra nous prendre en voiture à l'école et te ramènera chez toi après. C'est déjà arrangé avec lui. Est-ce que tu... Jacob, cesse de te balancer comme ça, s'il te plaît !

Je n'avais pas remarqué. Mais c'est souvent ainsi. Quand je ne sais plus quoi penser, ma tête ne s'occupe plus de mon corps et lui, il fait ce qu'il veut.

— Arrête, s'il te plaît.

J'arrête.

— Là. Écoute, Jacob...

Je garde les coudes sur les cuisses, le nez vers mes genoux.

— Ça te plairait, ce document. Je l'ai déjà visionné et je ne m'en lasse pas.

À la maison de Chloé... Je dois penser très fort sinon mon corps va se remettre à balancer.

— On y voit plein d'animaux sauvages.

Très fort. Ne pas balancer...

— Des lions, des hyènes, des gazelles, des girafes, des rhinocé...

Des girafes !

— Maman.

— Pardon ?

— Faut demander à maman.

— Oui, c'est moi.

Ma mère fronce les sourcils dans ma direction en coinçant le combiné entre son épaule et son oreille. C'est une habitude. Pendant qu'elle parle avec ses clients au téléphone, elle garde ses dix doigts pour manipuler stylo et carnet. Elle note ainsi nom – ou pseudonyme –, désir particulier, heure du rendez-vous... Elle pourrait bien sûr utiliser un appareil offrant l'option « mains libres », par contre, tous les gens dans la pièce entendraient aussi : un « patient » sur son départ, par exemple, ou le facteur, le concierge, un plombier...

Moi.

— Non, pas Olga. Je m'appelle Sylvie.

Ses pupilles expriment un peu de colère, mais je ne les fixe pas assez longtemps pour être certain.

— C'est un nom d'artiste, si vous voulez.

— (...)

— Merci. La photo date un peu, quand même.

— (...)

— Trop gentil. Vous m'appeliez pour Jacob, disiez-vous ?

— (...)

— Il va à l'école avec votre petite-fille ?

— (...)

— Non, Jacob ne m'a rien dit.

— (...)

— Un documentaire sur les animaux ? Et ?

— (...)

— Je ne sais pas. Voyez-vous, Jacob...

— (...)

— Je comprends très bien ce que vous pro-
posez, monsieur... monsieur comment déjà ?

— (...)

— Un moment, monsieur Georges... Georges
tout court, si vous voulez.

Ma mère appuie sur le bouton « sourdine »
et pivote sur sa chaise pour me faire face.

— Jacob.

Je vois le mur, la table, le plancher, la table,
le mur, le plafond, le mur, la table...

— Jacob, regarde-moi.

... le plancher, la table...

— Jacob !

L'expression dans le visage de maman. Ce
n'est ni de la colère ni de la déception. On
dirait... de la détresse.

— À l'école, Jacob. Tes amis savent que la
Olga du journal, c'est ta mère ?

Maman a dit « non ». Ensuite « peut-être ».

Elle était prête à raccrocher. Mais elle a
écouté. Longuement. Monsieur Georges, le
papy, doit être doué pour raconter. Coudes sur
le bureau, épaules affaissées, les deux mains
agrippées au combiné... maman n'avait rien à
noter.

— Peut-être, a-t-elle répété.

Puis elle a mis fin à l'appel.

Je sais quand elle est contente. Je la connais. Je sais aussi quand elle est fâchée.

En ce moment, elle n'est ni contente ni fâchée. Probablement que si je la regardais directement dans les yeux, je saurais, mais...

—Comment ont-ils appris ?

—Les *colocus*...

—Les quoi ?

Le plancher, la table, le...

—Arrête !

Les doigts de ma mère qui se referment sur mes bras. Elle est toujours assise sur sa chaise, penchée sur moi.

—De qui parles-tu ?

Il ne faudrait pas que les *colocus* aperçoivent son décolleté comme ça. Ils se moqueraient.

—Deux élèves qui ont plusieurs cours avec moi.

—Ils ont su comment ?

—Ils restent à deux rues d'ici. Ils t'ont vue avec moi. À l'épicerie, je pense. Ou à la pharmacie.

Elle se redresse, mais continue à me fixer intensément.

—Qu'est-ce qu'ils savent ?

—Que tu es jolie.

Elle n'est ni contente ni fâchée. Je ne sais pas comment elle se sent.

—Plus jolie que leur maman à eux. Ils savent que j'ai la plus belle maman du monde. Moi ! Pas eux ! Et ça les enrage. Ça les enrage !

Je crois que je me suis énervé. Je crois que j'ai crié.

Ma mère me sert dans ses bras.

—C'était inévitable, murmure-t-elle.

Elle a parlé pour elle-même. Pas pour moi. Elle a juste oublié d'appuyer sur le bouton sourdine.

—La plus belle maman du monde. C'est pour ça que ta photo est dans le journal. Tout le monde est jaloux. J'ai la plus belle maman du monde.

Et elle pleure.

Je ne sais pas si c'est à cause de la photo, à cause de moi ou à cause des *colocus*. Je ne sais pas comment elle se sent.

9

LE LION ET LA GIRAFE

Ce n'est pas comme chez nous. Chloé a une chambre tellement grande qu'elle peut y placer une commode et un bureau de travail avec un ordinateur. Elle a une bibliothèque. Sur les tablettes, il n'y a pas que des livres, il y a aussi des chats en peluche et des oiseaux jaunes. D'autres toutous couvrent son lit : un immense lapin rose, deux chiens, une vache, un ours très gros, des cochons de toutes les tailles, un hippopotame habillé en ballerine...

Une girafe !

Je regarde Chloé. Je souris. Je reviens vers la girafe, puis Chloé encore. Je demande :

— T'as une girafe ?

Je ris dans ma main. Quelle question stupide ! Évidemment qu'elle a une girafe, sinon je ne la verrais pas sur son lit.

— Elle te plaît ? s'informe Chloé. C'est un cadeau de mon ancienne famille d'accueil. Tu peux la prendre.

Constatant que j'hésite en continuant de rire contre ma paume, Romain s'avance. Il empoigne la peluche par le cou pour me la tendre.

— Pas comme ça ! que je m'écrie en perdant mon air amusé. Tu vas l'étouffer.

Je la saisis rapidement afin que Romain puisse la lâcher puis, avec délicatesse, je la retiens par le corps. Elle est beaucoup plus légère que ce à quoi je m'attendais. Son pelage est très doux. Je l'étreins. Son cou, trop long, s'incline un peu. On dirait qu'elle se penche pour boire.

— J'ai aussi un très beau lion, annonce Chloé en retirant un félin couleur fauve de sous une pile de cochons blancs.

— Nooon !

Je recule de trois pas en serrant davantage la girafe contre moi.

— Pas lui ! C'est un traître ! Pas lui ! Pas lui ! Pas lui !

— Tu as peur ? s'étonne Chloé en retournant le lion sous les cochons. Excuse-moi.

— Pas peur ! Pas peur ! C'est un traître. Un salaud ! Il faut le punir. Le punir !

— Eh bien ? Qu'est-ce qui se passe ici ?

C'est monsieur Georges, le grand-père de Chloé. Mes cris l'ont attiré. Quand il arrive, je me mets à tourner autour de lui, agrippé à la girafe. Je grogne.

Non, je n'ai pas peur. Chibou n'est pas à craindre. Chibou est à mépriser.

— Je crois que Jacob a eu la frousse devant mon lion en peluche, répond Chloé. Je suis désolée, Jacob.

— Pas la frousse. Non, pas la frousse.

Et je gravite toujours autour de monsieur Georges. Sa chemise vert sombre ouverte sur son t-shirt jaune me sert de soleil. Je suis une planète. J'orbite. Dans le sens contraire des aiguilles d'une montre.

— Ça va, mon garçon. Il n'y a pas de mal.

J'aime la voix de monsieur Georges. Apaisante. Grave.

— Pas la frousse. Pas la frousse.

— Bien sûr que non, tu n'as pas peur. Ça se voit. Mais cesse ton manège, tu me donnes le tournis.

Le tournis.

Il a une intonation gentille et quand ses grosses paumes qui ont connu l'Afrique se referment sur mes bras pour m'arrêter, eh bien, je m'arrête. Je tolère que monsieur Georges me touche, lui aussi. On dirait que je change dans ma tête.

Ce doit être le tournis.

C'est un mot français qu'on ne dit jamais ici. Seulement en Afrique, sûrement.

Le tournis.

Je tiens la girafe d'une main et ris dans l'autre. C'est drôle, le tournis.

Les doigts de monsieur Georges m'abandonnent. Je lève le menton pour le regarder en face. Je ne parviens pas souvent à le faire, mais avec lui, c'est facile. J'aime ses yeux. Comme ceux de maman, on dirait un ciel d'hiver. Quoiqu'un ciel de nuit. Noire et luisante.

Sur sa tête, de rares cheveux blancs ressemblent à une couche de givre coiffant le sommet d'une colline. Je perçois les rides au-dessus de ses sourcils et aux creux de ses joues comme les empreintes de bêtes en migration. Son nez est une termitière, sa courte barbe, un buisson d'épineux – couvert de givre aussi –, sa bouche, une grotte, ses dents, de l'ivoire d'éléphant, son cou, le tronc d'un pommier...

Ce papy ressemble à un documentaire sur la nature.

— Vous passez au salon ? demande-t-il, une main sur mon épaule. J'ai ramassé mon linge qui traînait sur le sofa. La place est à vous.

— Bonne idée, réplique Chloé. Tu viens, Jacob ?

Elle me contourne en compagnie de Romain. J'aimerais leur emboîter le pas, mais j'ai toujours la grosse paume sur ma clavicule.

— Jacob, mon garçon...

Voix encore plus grave. Et chuchotante.

— Tout à l'heure, quand je suis allé te chercher, tu m'attendais à l'entrée de ton immeuble...

Je me rappelle.

— Quand je retournerai avec toi à la fin de la journée, je peux monter jusqu'à l'appartement ?

—Il y a un ascenseur. Oui, oui. Les vieux montent aussi.

—Mais non, ce n'est pas ce que je veux dire, réplique-t-il en se retenant de rire. Je suis plus en forme que toi, coquin !

D'un coup d'œil rapide, il s'assure que Chloé et Romain sont suffisamment éloignés, et poursuit :

—J'aimerais monter avec toi pour que… ça me plairait que tu me présentes à ta mère. Tu acceptes ?

Je ne comprends pas bien, aussi mon corps se met à balancer.

—Au téléphone, elle m'a paru vraiment gentille.

Je me balance.

—Et sa photo dans le journal ! Qu'est-ce qu'elle est jolie, ta maman !

Je souris, mais sans le regarder. Il a remarqué. Comme les autres. La plus belle maman du monde.

—Tu as un papa ?

—Non.

Ma mère m'a raconté une fois que je suis arrivé comme ça. Un jour, elle s'aperçoit que je pousse dans son ventre. Pourtant, elle ignore d'où je sors. Maman ne voulait pas que je reste et elle m'a demandé de partir. Mais je l'adorais déjà. J'ai persisté.

Après, lorsqu'elle m'a vu pour la première fois, ma mère était très contente. Elle m'a aimé tout de suite. Elle a regretté ne pas avoir voulu de moi au début. Avoir essayé des choses qui lui ont fait mal au ventre.

Elle dit que si c'était à refaire...

Mais on ne peut jamais rien refaire.

— Est-ce qu'elle a un petit ami, ta maman ? insiste monsieur Georges.

Que cherche-t-il à savoir ? Des petits amis, elle en a beaucoup. Ceux qui viennent le jour, ceux qui viennent le soir, ceux qui viennent une seule fois, ceux qui reviennent souvent...

Je ne sais pas quoi répondre. Je me balance donc plus encore, accroché à la girafe.

Un grand bras africain m'enserre et je suis entraîné en direction du salon.

— Bon, on verra, conclut le grand-père.

Chloé et Romain s'amusent beaucoup. Pas que le documentaire soit si drôle, mais ils considèrent cocasses mes réactions devant les animaux. Devant la girafe, surtout. En fait, devant toute la famille de girafes dont les longs cous se balancent entre les feuilles des arbres comme autant de troncs souples.

Je m'excite, je ris. Elles sont belles avec leurs grands yeux tendres et leurs grosses lèvres frémissantes.

Puis, il y a les lions. Ces misérables sournois qui s'approchent des gazelles pour les prendre en cisaille.

Je m'excite plus encore, mais je ne ris plus. Je grogne et je rage. Chloé m'apaise en appuyant ses doigts délicats contre mon bras.

Elle est douce, Chloé. Elle est belle.

Comme une girafe.

Le documentaire terminé, on soupe chez le grand-père. Il y a de la pizza et du soda racinette. Chloé dit que c'est son papy qui a décidé du menu. Pour nous faire plaisir. Et, à table, il nous raconte d'autres histoires d'animaux. Du temps où il vivait en Afrique. Il est drôle, monsieur Georges.

Il est gentil.

Je pense que c'est une bonne chose s'il veut prendre l'ascenseur.

J'ai appelé ma mère avant de partir. C'est une règle. Si je ne suis pas déjà à la maison, je ne dois jamais la surprendre avec un client. J'amène quelqu'un, que j'ai dit. Quoi ? En fait quelqu'un m'amène. Chloé ? Non, son papy.

Quand maman ouvre, elle a revêtu un peignoir très pudique fermé au col. Un long dragon coloré descend sur le côté gauche, sa tête géante au-dessus des chevilles, crachant du feu. Dès que je l'aperçois, j'explose.

Pas de colère, oh non ! De joie.

—Regarde maman ! Chloé m'a donné sa girafe !

Je veux tout lui raconter de mon après-midi et de mon souper, mais dans la même phrase. Je suis très excité. Je la contourne, file dans l'appartement, reviens à la porte, retourne, reviens... Je parle des cochons en peluche et de la pizza entre deux virgules, du documentaire et des anecdotes du papy sans ouvrir de parenthèses, de la bibliothèque de Chloé et des...

—Que lui avez-vous fait prendre au souper ? demande maman en émettant un petit rire gêné que je ne lui connais pas.

Le grand-père est dans la porte. Je ne l'ai pas présenté. Ils sont assez grands pour se présenter tout seuls. Moi, je parle des girafes qui couraient au milieu des herbes avec de longues jambes. Aussi belles que celles d'une masseuse.

—Ce doit être le soda racinette, dit monsieur Georges. J'avais prévenu Chloé que je ne faisais pas confiance à cette marque.

Maman rit plus fort. Le grand-père tend la main.

— Heureux de vous rencontrer, madame Olga.

— Sylvie.

— Madame Sylvie, mille excuses.

— Plaisir partagé, monsieur Georges, réplique maman en acceptant sa main.

— Georges tout court. Vous êtes plus jolie que sur votre photo, vous savez.

— Je déteste les compliments sur ma beauté, Georges. Ça fait trop... *client*.

— C'est fou ce que vous êtes moche, Sylvie !

Maman rit. Aux éclats.

Moi, je parle.

10

UN ZOO L'HIVER

Il y a toute l'école. Divisée par groupes. Et par cycles.

Dommage. J'aurais aimé me retrouver avec Chloé et Romain.

Nous sommes rassemblés dans une grande salle intérieure qui, en temps normal, accueille les spectacles avec des bêtes. Il n'y a pas de sièges. Toutefois, plusieurs étudiants se sont assis sur les blocs de béton entourant la scène. On a un peu chaud avec nos gros paletots d'hiver, mais nous aurons à ressortir bientôt. Donc, pas de vestiaire.

Au centre, les responsables du zoo distribuent les consignes : dehors, on se contente de suivre les corridors balisés ; on ne s'éloigne pas des pistes déneigées ; on prend garde de ne pas s'approcher trop de la cage des tigres blancs ; on ne frappe pas sur les vitres ; on ne donne rien à manger aux bêtes ; les toilettes sont ici, là et là ; les préposés sont disponibles dans chaque secteur pour répondre aux questions ; on peut prendre des photos...

J'ai le nez en l'air, car il y a plein d'animaux peints sur les murailles. J'aime. Une main qui s'agite au loin attire mon attention. C'est Chloé. Elle me salue. Son sourire resplendit comme la lumière qui tombe du plafond vitré. Je ferme les yeux à demi. J'écoute. Un bruit ? Non. Un brouhaha, certainement, avec tout ce monde, mais un bruit comme tel, non.

Selon ma mère, c'est le bonheur.

Nous nous ébranlons à l'extérieur. Du moins, les groupes de premier cycle. Nos professeurs nous entraînent, guidés eux-mêmes par les préposés du zoo. Les classes de Chloé et Romain, quant à elles, sont dirigées du côté de l'insectarium.

—Nous assisterons en premier à la sortie des girafes, lance un homme vêtu d'une grosse veste olive.

Ça commence bien !

Je tape dans mes mains.

Je suis presque aussitôt interrompu par une violente bourrade dans le dos. Je fais un pas en avant pour ne pas tomber.

—Les nerfs, l'*pacom* !

—On n'est pas au spectacle, icitte, *pacom*.

Les *colocus* se mettent à rire. Toutefois, celui qui m'a poussé, c'est Imbeault. Il ricane bêtement entre ses dents. De la buée s'échappe de sa bouche. Deux ou trois filles lui jettent un regard sévère, mais aucune n'ose intervenir.

Contents de leur démonstration de pouvoir, les trois salauds s'éloignent. Évidemment, ils ne s'intéressent pas à la visite. Je les vois contourner une petite barrière improvisée et se faufiler par une allée mal déblayée. Bon débarras, dans le fond ! Qu'ils aillent remplir leurs bottes de neige si ça les amuse.

— Une heure par jour, s'égosille le préposé afin d'être entendu de tous, nous permettons aux girafes de se promener à l'extérieur pour se dégourdir les pattes.

— Pas plus qu'une heure ? s'étonne une grande fille emmitouflée jusqu'aux yeux à l'avant du groupe.

— Ce sont des ruminants d'Afrique, réplique l'employé du zoo. Ils ne sont pas aussi bien protégés que toi contre le froid.

Tout le monde éclate de rire. Moi pareillement. Et j'applaudis encore. Par réflexe, je me retourne brusquement, mais les *colocus* sont hors de vue.

Je ne me soucie plus d'eux. Surtout que la première vedette de la représentation vient d'apparaître : une girafe !

Par l'ouverture d'une grande porte de garage, la voilà qui émerge dans la lumière violente du soleil d'hiver. Pendant une ou deux secondes, l'animal paraît surpris d'apercevoir tant de monde de ce côté du fossé qui sert d'enclos. Puis, sans plus se soucier de nous, guidé par une jeune femme portant la même veste olive que son collègue, le mammifère s'ébranle à pas mesurés. Derrière la bête, deux girafes supplémentaires s'aventurent prudemment dans ses pas.

Moi qui préfère toujours rester au fond de la classe, cette fois, je me faufile au milieu des autres. Je m'avance jusqu'au fossé et m'accote contre un remblai de neige. Je suis aux premières loges.

— Jamais nous ne permettons aux girafes de sortir s'il y a du verglas, lance l'homme qui nous sert d'animateur. Pour elles, il s'agirait d'un trop grand risque. S'il fallait que l'une tombe et se fracture une patte, la pauvre serait condamnée.

Je porte une mitaine devant ma bouche. Je viens d'imaginer la malheureuse, gisant sur le sol, incapable de se redresser. Incapable d'atteindre les hautes feuilles des arbres pour se nourrir. À la merci des prédateurs.

J'en pleurerais.

— Jacob ! Ho ! Jacob !

Je suis tiré de ma contemplation par mon professeur d'histoire qui me fait de grands signes. Il n'y a plus personne autour de moi.

— Ne reste pas là. Suis le groupe.

Je remarque les étudiants de premier cycle disparaître derrière lui. La piste déneigée fait une courbe en direction de la cage des tigres blancs.

— Les girafes, monsieur ! Les girafes !

Je désigne les grands mammifères que la préposée continue de promener dans l'enclos.

— C'est fini, les girafes, Jacob. Allez viens. Il y a encore beaucoup à voir.

Non !

Je suis contrarié. Je balance mon corps d'avant en arrière.

— Jacob, sacrifice ! Je n'ai pas de temps à perdre avec toi, s'impatiente mon professeur. Alors, tu t'en viens immédiatement !

D'avant en arrière.

— Tu entends ? Immédiatement !

Je quitte le remblai où j'étais si bien installé pour admirer mes animaux préférés. Je ronchonne, mais je ne me balance plus d'avant en arrière. Mon enseignant continue de m'observer avec une expression irritée.

Je marche vers lui à pas lents, tout en demeurant tourné à demi pour continuer à regarder dans l'enclos.

Quelqu'un que je ne distingue pas, à cause de l'angle du sentier, crie quelque chose au professeur. Quelque chose dont je n'ai rien saisi. L'homme se désintéresse de moi, fouille dans ses poches, puis s'engage à son tour dans la courbe. Je l'entends crier :

—Je les ai ici !

Puis je ne perçois plus rien.

C'est tentant de revenir observer les girafes. Seul. Sans plus personne pour me presser.

Mais je vois que les bêtes se dirigent déjà vers la grande porte. Elles ont froid, sans doute. La préposée les guide cette fois vers l'intérieur.

Je jette un dernier regard aux longs cous qui émergent toujours des amas de neige. Enfin, je pivote pour m'engager dans la courbe menant à la cage des tigres blancs.

—L'*pacom*, tu vas capoter.

J'ai failli me heurter à Morve qui se tient au beau milieu de la piste.

Dégueulasse ! Aujourd'hui, il porte vraiment bien son surnom. Je baisse aussitôt les yeux vers mes bottes.

—J'pense que c'est ton jour de *luck*.

Bobette ne se trouve jamais loin, comme de raison. J'ignore d'où il sort, mais il est dans mon dos. Je ne me retourne pas vers lui. Je tape le bout de mes doigts les uns contre les autres, C'est comme une façon d'évacuer l'angoisse. Ma tête dodeline de droite à gauche puis d'avant en arrière puis de droite à gauche encore. On dirait qu'elle crie : « Non, ce n'est pas chanceux de me trouver seul avec vous ! » « Oui, oui, je veux passer. » « Non, non, nos professeurs ne seront pas contents. »

C'est drôle. Mais mon corps est comme ça, je l'ai déjà dit. Je ne me soucie pas toujours de commander ce qu'il doit faire.

Mes doigts pianotent plus fort. Bobette vient d'agripper ma veste par l'épaule pour m'entraîner je ne sais où. Mais ce n'est pas vers la cage des tigres blancs, c'est sûr.

—Ah! *Pacom*! fait la voix d'Imbeault qui a surgi lui aussi à mes côtés. Chus vraiment content de t'voir mon chum. Tu vas triper.

Il utilise une intonation mielleuse que je ne lui connais pas. Étrange. Pourquoi, lui et ses *colocus*, seraient-ils devenus gentils en l'espace de quinze minutes?

Ça fait peut-être vingt.

—On n'a pas suivi la gang, avoue Imbeault comme si je ne l'avais pas remarqué. Trop poche de suivre tout l'monde. On est plutôt allés par là.

Du coin de l'œil, je vois qu'il désigne, avec sa mitaine, une partie des bâtiments auxquels on n'est pas censés avoir accès. C'est la direction vers laquelle ils s'efforcent de m'entraîner.

—Y m'a pogné une envie d'pisser, dit Morve.

—Pis à moé aussi, ajoute Bobette.

—Ça fa qu'on a cherché des toilettes, poursuit Imbeault, pis on a trouvé celles des employés. Y a une porte à côté des pissoirs, mon *chum*, tu créras pas à ça...

Pourquoi je ne croirais pas à une porte ? Il a de ces expressions, ce minable...

—Une porte qui mène où, tu penses ? demande Bobette qui tient toujours ma veste à l'épaule et me secoue.

—Arrête de faire de même ! grogne Imbeault à l'égard de son *colocu*. C'est tannant pour *l'pacom* pis y va crère qu'on l'écœure encore.

—C'est vrai, ça, confirme Morve. On a dit qu'on cessait de l'écœurer pour qu'y devienne notre ami.

Bobette lâche aussitôt ma veste. Mais il appuie quand même sa paume contre mon dos, ce qui m'oblige à continuer à avancer. Je garde les yeux sur mes bottes pour ne pas tomber, mais il y a trop de neige. Je me retrouve à plat ventre.

—Crisse, Bobette ! Tu l'fais-tu exprès ?

Imbeault m'offre sa main pour que je me relève. Je la vois apparaître près de mon nez.

Non.

Pas question.

Pas question que je me remette sur pied et qu'ils m'entraînent là où je ne veux pas les suivre.

Pas question que je touche Imbeault.

Et là, ma tête se met à virevolter en tous sens. Et si je n'avais pas si peur de recevoir des coups de pied dans les côtes, mon crâne demanderait à ma bouche de crier.

—Envoèye, viens l'*pacom*, émet Juju de sa voix toujours amicale. Astheure qu'on veut dev'nir tes chums, tu vas pas commencer à nous faire chier, quand même ?

Je sens qu'on agrippe un peu ma veste, mais la sensation ne dure pas.

—Bobette, l'*pacom* aime pas ça qu'on tire sur son linge.

—Peut-être qu'y aime pas non plus qu'on l'appelle « l'pacom », suggère la voix de Morve. Peut-être qu'y aime mieux qu'on l'appelle Jacob ?

—Crisse, Morve, t'as raison, réplique aussitôt Imbeault. J'y ai jamais pensé. Scuse-moé, Jacob. Astheure que t'es not' chum, on t'appellera pus l'*pacom*.

—Bon, on y vas-tu avant d'se faire pogner ? demande Bobette.

—On y va, on y va, répond Imbeault. Jacob, lève-toé, on a une belle surprise pour toé. J'te l'dis, tu vas triper ben raide.

—T'aimes ça, les girafes ? questionne soudain Morve.

Mon cœur s'arrête de battre. Enfin, pas pour de vrai. C'est juste une impression tellement je me sens tout à coup intéressé.

—On sait comment les approcher, ajoute Bobette.

—La porte au fond des toilettes, précise Imbeault, ben c'est là qu'a mène, mon chum. Direct dans la cage des girafes. Une vraie luck qu'on ait trouvé ça.

11

DANS LES COULISSES DU ZOO

Juju Imbeault et ses *colocus* ne m'ont pas menti. Dans la bâtisse à laquelle nous n'avons pas droit d'accès, il y a des toilettes pour les préposés du zoo. L'endroit est désert. Les employés sont trop occupés par la visite scolaire.

— R'garde là-bas, à côté des pissoirs, m'indique Morve avec la laine détricotée de son index. Tu vois-tu la porte?

— Ben, c'est là! affirme Bobette. Suis-nous.

Je me braque et refuse d'avancer plus loin. Je ne suis pas si bête, enfin. Sourcils froncés, lippe orientée vers le bas en une expression méfiante, je proteste:

— Ce n'est pas d'ici que sont sorties les girafes, tantôt. Elles étaient dans l'autre bâtiment.

— A doivent voyager par un tunnel, lance Imbeault en tapotant ses lèvres avec un doigt.

— Ou ben, c'est pas les mêmes, suggère Bobette. Le zoo en a peut-être de réserve en cas que les autres crèvent.

— C'est ça! approuve Morve en supprimant sa guédille au nez d'un reniflement expert. C'est des girafes de réserve. J'y avais pas pensé. Plein d'allure. J'ai déjà lu ça qu'que part que les zoos, y font toute ça.

Dans le fond, l'idée n'est pas si bête. En temps normal, sans doute que je continuerais à me méfier des trois affreux, mais là, je n'ai plus qu'une obsession : côtoyer des girafes de près.

Très près.

—Envoèye, suis-moé.

Si c'était un mauvais tour, Imbeault ne passerait pas la porte en premier.

Ce qui me frappe dès le moment où nous franchissons le seuil est l'odeur fauve qui assaille nos narines. Pas de doute, des bêtes occupent le coin.

Nous nous retrouvons dans un étroit couloir avec un mur de briques à droite et une clôture de métal à gauche. Il fait une chaleur humide, étouffante, accentuée par le fait que, deux minutes plus tôt, nous étions dehors à une température de moins vingt.

Un seau traîne ici avec du matériel de nettoyage, là, c'est un escabeau, là encore, ce sont des outils, plus loin, une boîte de carton remplie de tuiles brisées...

Je présume donc que les employés passent souvent dans le coin pour la maintenance des enclos et des cages.

Je sursaute. Un singe a hurlé quelque part de l'autre côté du grillage. Sans doute est-il dans l'entrelacs de poutres et de branches qui tiennent lieu de plafond. Un perroquet répond plus loin. Puis des cris que je n'identifie pas.

C'est génial.

J'entends de gros bruits, maman, oh oui ! Mais c'est le bonheur pareil.

Je ris de plaisir. À travers la fente de mes paupières à moitié fermées, je distingue la mine satisfaite d'Imbeault.

— Ben, y est content l'*pacom* ! Hein, qu't'es content l' *pa*... Jacob ? T'aimes ça, hein ?

Ma tête fait « oui, oui » à toute volée. Au comble de l'excitation, je demande :

— Les girafes ? Elles sont où, les girafes ?

— Icitte ! fait Morve en me désignant une vilaine porte grillagée. Sont dans c'te cage-là.

Avec son large manteau d'hiver, il me masque un coin important de l'enclos. C'est triste, mais...

— Je ne les vois pas.

— Ah, ben non ? dit Bobette, l'air exagérément déçu et étonné. Moi non plus. Tantôt, pourtant...

— A doivent être cachées l'autre bord de la grosse roche, au centre, suggère Imbeault...

Je ris dans ma mitaine.

— Non, non, que je réplique. On verrait leur tête dépasser. Elles sont grandes, les girafes.

— Chus-tu bête, moé ! échappe Juju en se donnant une tape sur le front. C'est vrai. Le grand cou pis toute ça, j'les verrais.

Je ris toujours. Entre deux souffles, je confirme :

— C'est long un cou de girafe. C'est long.

— Bon, ben, entrons voir, propose Imbeault en soulevant un gros verrou sans cadenas qui permet d'ouvrir la porte. Si on les aperçoit pas, c'est qu'a doivent être couchées l'autre bord d'la roche.

— Oui, oui. Oui, oui.

Et je m'avance pour m'engager à sa suite. Sauf que...

En fait, dès que j'arrive à sa hauteur, Imbeault ne bouge plus. Je reçois plutôt une grande poussée dans le dos – venue de Morve ou de Bobette, ou des deux – et me voilà précipité plus loin que le meneur des *colocus*.

La porte de la cage se referme derrière moi avec un claquement sinistre.

— Ben t'es rendu dans 'place, l'*pacom* ! lance Imbeault qui a perdu son ton mielleux. À toé d'trouver les girafes, astheure.

Trois éclats de rire tonnent à la même seconde.

— Tu vas *avoère* la chienne de ta vie l'trou d'cul, promet Morve en agitant le grillage qui produit un bruit d'enfer. R'garde à ta *douète* !

Ma droite ? C'est la section de l'enclos que je ne pouvais pas apercevoir.

J'y découvre une estrade noyée d'herbage sec, avec un tronc d'arbre couché et une meule de foin. Des lianes – fausses ? – pendent des câbles au plafond.

Au centre, il y a...

Ce n'est pas une girafe, en tout cas.

Lorsqu'il agite son impressionnante crinière pour rugir, je reconnais enfin un gros lion mâle !

— Ha, ha, ha, ha, ha !

Le rire d'Imbeault et de ses *colocus* résonne dans l'immense bâtiment, démultiplié par l'écho. Les singes et les perroquets se sont tus.

— Oublie pas de r'fermer en sortant, l'*pacom*, lance la voix d'Imbeault tandis que celui-ci s'éloigne de la cage. Sinon le lion, y s'gênera pas pour te suivre.

— Ouais, approuve Morve en emboitant le pas à son chef. Et fais pas trop dans tes culottes !

— Ha, ha, ha, ha...

Le fauve rugit de nouveau, enterrant le rire des affreux. Plus loin, à l'autre extrémité de l'estrade, deux femelles s'agitent. Le mâle se dresse sur ses pattes en fixant ses yeux sur moi.

Chibou !

Misérable ! Qui se prétendait mon confident, mon ami, et qui s'entête désormais, par sa seule présence, à me rappeler...

—Hé ! Niaise pas trop, l' *pacom* ! lance la voix d'Imbeault. Tu vas t'aparcevouère qu'un lion, ça court vite.

Chibou ! Qui s'obstine à m'observer toujours avec ce même regard bête. Me ramène ma douleur et mon humiliation.

—L'*pacom* !

Si j'étais courbé lors de mon entrée dans la cage, me voilà maintenant tout à fait droit. Plus question de m'incliner devant l'image de Chibou. Plus question de me détourner. Sinon, ce sera comme pour Juju et les *colocus* : on me fera mal, on rira de moi. On me rappellera sans arrêt que je suis différent.

Un *pacom*.

—T'es malade ou quoi ? s'écrie Imbeault inquiet, à l'angle extrême de l'enclos. Sors d'la cage, au plus crisse !

—Hey, l'*pacom* ! ajoute Morve. Grouille-toé l' cul. Le lion, y va t' sauter d'sus, maudit cave !

Comme pour l'approuver, le gros mâle rugit plus puissamment encore. On dirait qu'il s'efforce, lui aussi, de me convaincre de tourner les talons et de me mettre à courir.

Pas question !

Mon corps cherche à se balancer, mais mon crâne l'en empêche. Une douleur commence à s'attaquer à mon arrière-train. Pendant une seconde, j'ai l'impression qu'une lionne m'a contourné discrètement pour me surprendre par derrière.

Non !

C'est Chibou. Enfin, le souvenir de ce soir-là. Le souvenir où, rabattu contre mon lit, les genoux par terre, mon bas de pyjama descendu sur les chevilles, j'avais mal aux fesses. Une douleur atroce qui me vrillait de l'anus jusqu'au milieu du ventre. Sur ma couette, Chibou me fixait bêtement. Indifférent. Contemplatif, peut-être même. Qui sait ?

Une odeur de sueur infecte me recouvrait ! L'odeur du client derrière moi qui s'acharnait en soufflant comme une baleine. Un patient qui haletait si fort, si près de mon oreille, qu'il éteignait les ronflements de ma mère dans la salle de massage.

Si elle avait su !

—Sors de là, l'*pacooooom !* hurle la voix d'Imbeault.

—Maudit malade ! Maudit malade ! Maudit...

Les pas précipités des *colocus* et de leur chef minable m'indiquent qu'ils viennent de prendre la fuite. Tant mieux. Leurs cris continuels et leur énervement m'embêtent.

La douleur à l'arrière-train s'évanouit sitôt que je plante profondément mes yeux dans ceux du lion.

C'est fini, Chibou ! Plus jamais je ne détournerai la tête, tu entends ? Sinon, Chloé pensera encore que j'ai la frousse de toi. Or, je n'ai pas peur. Pas peur, Chibou. Seulement honte. Honte de ce que tu as vu. Mon humiliation. Ma salissure.

Je ne me détournerai plus de toi. Je ne te fuirai plus ! Et jamais plus Chloé, ni qui que ce soit d'autre, prétendra que j'ai la frousse de toi.

Le lion pousse un dernier rugissement, assourdissant, qui fait même sursauter les femelles. Puis, sans autre préambule, il bondit.

Je ne bouge pas.

12

SOUS LES GRIFFES
DES FAUVES

Dans la cage, à confronter le lion, je ne peux pas savoir que Juju Imbeault et ses *colocus*, au lieu de fuir se cacher quelque part, courent en hurlant retrouver les groupes de l'école. J'apprendrai... ou plutôt, je devinerai plus tard qu'ils rencontrent en premier des professeurs du deuxième cycle qui sortent à ce moment-là de l'insectarium. Avec eux, se trouvent aussi des employés du zoo.

Tout ce monde rapplique en panique, entraînant avec eux quelques étudiants. J'entends résonner la porte du fond qui ouvre sur les toilettes. Ensuite, il y a des appels et des bruits de bottes dans le couloir. Quelqu'un heurte l'escabeau qui chute avec fracas.

Des cris d'horreur m'indiquent qu'on vient de rejoindre la cage. Personne n'ose entrer cependant, car les lionnes sont énervées.

Très énervées.

Le gros mâle aussi, d'ailleurs. Il faut reconnaître que mon sang qui asperge plancher et fourrage a de quoi les exciter. L'instinct de la chasse chez les félins est puissant. L'odeur des chairs déchirées les affole.

C'est ce qu'on raconte dans le reportage que j'ai écouté chez Chloé.

— Jacob ! Oh, mon Dieu ! Jacob !

Tiens ? Quand on parle de la rose, on en sent le parfum, dirait ma mère. Mon amie est là.

Tête renversée en arrière, je l'aperçois à l'envers, ses mitaines arc-en-ciel accrochées au grillage. Autour d'elle s'agitent professeurs, employés du zoo, et une dizaine d'étudiants dont je ne connais pas les noms. Normal, ils ne sont pas de mon niveau scolaire.

— Jacob ! Tu m'entends ? Jacob ! Parle-moi ! Ja...

Elle pousse un cri strident.

C'est que le lion mâle, inquiet peut-être que tout ce remue-ménage lui fasse perdre sa victime, me tire plus près de l'estrade en me traînant dans la poussière. Ça me désole de voir cette saleté – sable, sang et brindilles mélangés – maculer la belle veste d'hiver que maman m'a offerte au début de l'année scolaire.

En feulant sourdement, les femelles se positionnent entre le grillage et le mâle. Pas question de permettre à un maraudeur, hyène, vautour... ou employé de zoo, d'approcher leur proie.

Maintenant que je suis un peu plus retiré de la circulation, les crocs du fauve se relâchent sur ma cuisse. Est-ce que ça me fait mal ? Pas plus que je ne souffre déjà de mon ventre ouvert et de mon bras arraché.

Mon crâne a fermé le contact avec mon corps, alors, je le laisse se débrouiller seul. Il a l'habitude.

Chloé a son téléphone cellulaire collé à l'oreille. Elle gesticule et raconte je ne sais trop quoi à je ne sais qui. Une enseignante s'évanouit à côté d'elle. J'espère qu'elle ne s'est pas fait mal. Sa tête a heurté le sol un peu fort, à mon avis.

Un employé du zoo hurle à un collègue resté près de la porte des toilettes. Une histoire de seringue hypodermique. De fusil. Mais il y a confusion. Il paraît que l'arme est dans une armoire. Qu'on l'utilise très peu souvent. Que la clé se trouve dans le bureau d'une personne qui est absente. Ça semble compliqué. Les types s'énervent encore plus.

J'entends aussi les mots « police », « armes à feu », « abattre »...

Et puis là, j'aperçois... Oh, c'est trop drôle ! Si je pouvais soulever une main, je rirais dedans. Mais je me contente de sourire. Morve vomit contre la grille. Je le distingue très bien, à l'écart des adultes. À côté de lui, Bobette pleure comme un bébé. Imbeault, quant à lui, est vert de peur. Il me fixe, le dos appuyé au mur de briques. Ses mains tremblent si bien à la hauteur de ses hanches qu'on dirait que, lui aussi, a perdu le contrôle de son corps.

Chloé referme son téléphone cellulaire. Deux employés du zoo utilisent le leur. Ma vue se brouille. Un nuage noir m'enveloppe lentement.

Je perds connaissance.

Quand j'ouvre de nouveau les yeux, il y a moins de bruit, moins d'énervement. Mais plus de monde. À l'envers toujours, je vois des policiers de l'autre côté du grillage. Certains ont leur revolver dans la main, canon vers le sol. Personne ne vise les lions.

Pourquoi ?

— Revenez ! crie l'un d'eux.

Il me demande ça, à moi ?

— Revenez, monsieur !

Son chef le fait taire.

J'entends d'étranges paroles auxquelles je ne comprends rien. Je tourne lentement la tête et, à trois pas de moi, je découvre un homme, solidement campé sur ses jambes, mains ouvertes devant lui, en train de s'adresser aux lions.

— Mons... monsieur Georges !

Il ne me regarde pas. Il ne s'interrompt pas. Il parle, parle, parle... une langue dont j'ignore tout, avec une intonation grave dans laquelle se distinguent, à la fois, de l'assurance, de la douceur et, aussi, de l'autorité.

Les lionnes grognent, feulent, grondent, mais ne rugissent pas. Peu à peu, elles reculent. Encore quelques claquements de crocs en guise de protestation, des mouvements mécontents de la tête, puis elles cessent d'exprimer leur frustration. Bien nourries, la faim n'exacerbe pas leur instinct de tueuses.

— Envoyez-les, par ici, monsieur. Par ici.

Par-delà la grosse roche, dans un angle opposé à celui du couloir, une porte basse, ouverte, donne sur un enclos adjacent. C'est comme un chatière, mais immense. Une chatière pour lions. Avec un portillon pourvu de gros ressorts. Des vestes olive s'y agitent. Un employé crie :

— Une fois les lions dans cette cage, les secours pourront entrer.

Je rejette la tête en arrière pour reposer les yeux vers le grillage. Chloé est toujours là. Au milieu d'ambulanciers, cette fois. J'aimerais lui faire un signe de la main. Mais je crois qu'il ne m'en reste qu'une.

Et elle est encore coincée dans la gueule du mâle.

Ma vue se brouille. J'espère que je ne vais pas perdre connaissance de nouveau.

Des mouvements flous se dessinent à la porte qui donne sur les toilettes. On force des curieux à sortir, je pense. Il y a d'autres policiers. Je distingue le bleu de leurs uniformes. Des ambulanciers aussi. Une civière portée à bout de bras.

Puis, un manteau d'une très jolie teinte. Fuchsia sombre. Avec des motifs couleur de terre brûlée. Même flou, je le reconnais.

— Jacooooooob !

Maman.

Je croyais que son cri allait interrompre monsieur Georges, mais non. Celui-ci continue à s'adresser aux lions. En fait, seulement au mâle à présent, car les femelles se sont repliées de l'autre côté de la chatière.

Je constate que ma main, toujours au bout de mon bras, traîne dans un amas de terre boueuse et rouge. Le fauve l'a lâchée. Celui-ci, d'ailleurs, recule et, tout comme les femelles, jette des regards mécontents, mais soumis, au papy venu d'Afrique. Quand il se détourne tout à fait, on voit sa queue agitée par la contrariété.

Il franchit la chatière à son tour et, aussitôt, les préposés du zoo laissent le portillon s'abattre avec fracas.

La voix de monsieur Georges est remplacée par un tumulte sans précédent. Je soulève ce que je peux de mes paupières devenues

94

lourdes. Autour de moi un tourbillon d'uniformes se démène : l'olive des employés, le
blanc des ambulanciers, le bleu des policiers...

Puis, je perçois un rideau fuchsia. Et des
motifs couleur de terre brûlée.

Tout à côté se balancent deux mitaines arc-
en-ciel.

13

LE BRUIT DU BONHEUR

Les ambulanciers s'affairent autour de moi, auscultant mes chairs, soulevant des lambeaux de veste d'hiver. On enveloppe frénétiquement mes blessures de bandes de tissu d'un blanc immaculé. Un blanc qui rougit rapidement.

Je vois valser des seringues devant mes yeux. La civière attend patiemment entre les mains d'un homme jeune qui m'observe intensément. Il me paraît très pâle.

— Reste avec nous ! Reste avec nous !

Où veut-il que j'aille, celui-là ? Je suis toujours étendu dans la saleté, incapable du moindre mouvement.

— Parlez-lui, madame.

— Ja... cob. Mon bébé... nouchet... sanglote ma mère, ses lèvres presque collées à mon oreille.

J'ai envie de rire.

— Pas... devant... le monde... maman...

Bébénouchet. C'est gênant. J'ai quand même quinze ans.

— Ne pars pas, Jacob. Je t'en prie, reste avec moi.

Je ne veux aller nulle part, maman. Nulle part où tu ne sois pas.

Le visage de monsieur Georges flotte près d'elle. Ça fait drôle. Mes yeux ne me renvoient plus d'images complètes, que des pièces qui s'emboîtent comme dans un casse-tête.

— Monsieur... Georges... que je dis, faiblement. Vous... un sorcier africain... J'ai vu... les lions... obéir...

— Ce n'est pas de la sorcellerie, mon gars, réplique le papy à Chloé. Je m'adressais aux bêtes en swahili, la langue du Kenya.

— Continuez à lui parler, insiste un secouriste aux sourcils froncés.

Je pense qu'il est le chef des ambulanciers, car les autres réagissent promptement à tout ce qu'il demande. « Il faut glisser la civière sous lui, a crié l'un ! » « Il n'est pas prêt, a simplement répliqué l'infirmier, et tout le monde s'est immobilisé sans rouspéter. Il est en pièces détachées. Il va se vider de partout. »

Près de l'estrade, je vois un policier vomir. Je ne savais pas que c'était possible.

— On a eu la chance que ces fauves aient été élevés au Kenya avant d'être vendus à des zoos, reprend monsieur Georges. Ils ont gardé en mémoire les sons particuliers de la langue qui les a bercés, petits. Ils y ont répondu par instinct.

— Jacob. Je suis là, Jacob.

Oh, salut Romain ! Je ne peux pas t'envoyer la main, mais je souris. Tu sais où est Chloé ? Je ne la vois plus depuis...

Ah, si ! Là ! Suis-je bête ! Elle s'est déplacée de l'autre côté, simplement. Chloé... Chloé... Tellement jolie. Tellement. C'est encore ce qui me surprend d'elle lorsque je l'aperçois. Et quand elle pleure ainsi, une beauté... vaporeuse s'ajoute. Un peu irréelle. Qui la rend pareille à un ange.

Je t'aime, Chloé. Ces choses-là, je ne saurai jamais les dire, mais je peux les penser sans rougir. Je t'aime, Chloé. Je voudrais consoler ton chagrin en t'invitant à blottir ta tête contre ma poitrine.

Mais plus tard. En ce moment, mon torse est plutôt encrassé...

— Que faisais-tu dans cette cage, Jacob ? Quelle idée t'a prise d'entrer ici ?

— Le minable à Imbeault et ses *colocus* viennent d'avouer, réplique Romain en s'avançant. Ils ont cherché à lui faire peur. Ils ne croyaient pas que Jacob resterait dans la cage.

— Je... voulais voir... les girafes...

— Ne t'essouffle pas, garçon, recommande l'ambulancier qui ne cesse de s'activer sur moi. Respire doucement. Puis, à Chloé : Continuez à lui parler, mademoiselle.

— Pourquoi, les girafes ? demande Chloé

entre deux sanglots. Jacob, qu'est-ce qui te plaît tant chez les girafes ?

Je veux répondre, mais on dirait que mes poumons sont vides. Comme si mon crâne avait oublié de leur commander d'inspirer. Impossible alors de répliquer à Chloé, d'expliquer que les girafes, elles sont bien à cause de leur grand cou. Pendant qu'elles vaquent à leurs occupations, là-haut, dans la cime des arbres, elles ne voient pas les petits vauriens s'agiter à leurs pieds. Voilà. Vivre sans avoir à se soucier de ce que font les autres, ceux qui ne nous arrivent pas à la cheville.

—On le perd ! On le perd ! s'énerve une infirmière penchée sur ma poitrine.

—Mon bébé... mon bébé... j'entends un bruit. Terrible. Affreux. Mon bébé... ne pars pas...

Les craquements. Je les perçois, maman. Mais je pense que c'est le chef des ambulanciers, là, qui pousse sur mon thorax. Mes côtes ne le supportent pas.

—Ce bruit ! hurle maman. Arrête ce bruit, Jacob, je t'en prie. Pas ce bruit !

—De quoi parlez-vous, madame ? demande l'infirmière d'une voix irritée. Laissez-nous faire notre...

Monsieur Georges, qui fixe d'abord ma mère avec un regard étonné, lève ensuite son rude visage d'aventurier vers la femme en uniforme. Ma poitrine ne craque plus, mais on la secoue toujours avec force.

— « On reconnaît le bonheur au bruit qu'il fait quand il s'en va », cite monsieur Georges.

Les deux minuscules ciels bleus d'Afrique de maman se tournent un moment vers ceux de la nuit tropicale.

— C'est exactement ça, dit-elle. Vous connaissez ?

— Jacques Prévert, répond simplement le grand-père. C'est une citation que j'adore.

Pendant de longues secondes – trois ou quatre, mais quand on arrive au bout du chemin, les distances nous paraissent toujours plus grandes –, pendant de longues secondes, donc, ils conservent l'un dans l'autre leurs yeux d'Afrique. La brillance des ciels lumineux mariée à la profondeur des firmaments nocturnes.

Peut-être ont-ils douze ans de différence, mais ils sont faits l'un pour l'une. Ils se complètent.

— Jacob...

Le visage de ma mère est revenu sur moi. L'ambulancier a cessé ses manœuvres sur ma poitrine.

— Pouls à soixante, annonce l'infirmière.

— Jacob. Si tu pars, le bonheur te suivra et moi, je ne pourrai plus vivre avec le tumulte dans mon ventre.

Je veux rester, maman. Je ne demande pas à te quitter.

Tiens ? Les mots ne sont pas sortis de ma bouche. Je pense que mon crâne ne commande plus grand-chose.

— Jacob... résiste ! murmure ma mère, ses lèvres, cette fois, bien appuyées sur le lobe de mon oreille. Je te promets... si tu restes... plus jamais de seringues...

Seringues ? N'est-ce pas ce que recherchaient les employés du zoo ?

Mais non, que je suis bête ! Oh, maman ! Voilà qui serait bien... Plus de ronflements dans la salle de massage, plus de clients qui en profiteraient pour venir dans ma chambre...

— Ma... man... c'est la plus... belle... pro... messe...

Ah ? Mes lèvres ont obéi, cette fois.

— Alors, que tu restes ou non, mon bébénouchet, plus jamais de seringues. Je te le jure. Plus jamais, mais fais taire le bonheur, je t'en prie. Car autour de moi, je n'entends plus rien.

— Je... t'ai... me... ma... man...

— On le perd !

Ma mère recule, repoussée par l'ambulancier qui s'acharne de nouveau sur ma poitrine. On perçoit un autre craquement.

Maman est retenue par la poigne à la fois douce et solide de monsieur Georges. Elle hurle, mais je n'entends plus rien. Un gazouillis simplement qui vient de je ne sais où. Pas de vacarme pour moi. C'est donc que le bonheur m'accompagne.

Oh, bêta ! Tu dois rester avec ma mère. Ne me suis pas. Le tumulte que tu provoques va la rendre folle. Si tu t'entêtes, eh bien, laisse une partie de toi avec elle.

Oh ! Tu m'entends, bonheur ?

Il m'entend.

Dans le givre lumineux qui enveloppe peu à peu ma vue, je reconnais les deux bras de monsieur Georges enserrer maman. Il se trouve derrière elle, et elle s'abandonne à son étreinte protectrice. Ses deux mains blanches se sont posées contre la peau burinée du papy. Sa tête est renversée contre sa poitrine.

Le bonheur est parti, d'accord, mais pas complètement. Il a laissé une trace. Pour se reconnaître plus tard, et revenir.

Même s'il fait beaucoup de bruit en s'en allant, il fait toujours en sorte de regagner le lieu qu'il a délaissé.

Je pense.

Comme s'il claquait une porte afin que l'écho lui rappelle le chemin du retour.

Il n'est pas con. Le problème, c'est qu'on ne remarque pas souvent son retour, car il ne fait du bruit qu'au moment du départ.

—Il est parti, annonce la voix de l'infirmière.

Je prends un certain temps avant de comprendre qu'elle ne parle pas du bonheur, mais de moi. Je suis encore là, nounoune.

Je fixe maman et monsieur Georges l'un contre l'autre. Comme ils sont beaux ! Chloé les a rejoints. Tous les trois, ils représentent ce que j'aime le plus au monde.

À part les girafes.

Et c'est sur leur image que le givre finit de se refermer tout à fait.

Camille Bouchard

En tant qu'auteur de récits d'aventures et de romans historiques, il ne m'arrive pas souvent de m'attaquer à des drames intimistes, à des introspections profondes de l'âme humaine. J'ai plutôt l'habitude d'entraîner mes lecteurs à la poursuite de brigands, dans le tourbillon des tempêtes ou la fumée des canons.

Cependant, quand le personnage de Jacob s'est présenté à mon imaginaire, qu'il s'est insinué avec sa douleur intérieure, je pouvais difficilement refuser de l'accueillir.

Jacob est venu à moi en douceur et il s'est imposé sans que je m'en rende vraiment compte.

Un jour, j'ai ressenti le besoin de raconter son histoire : celle d'un adolescent terrorisé par sa différence et dont l'esprit vit en dehors de son corps. Un adolescent victime, non seulement de sa propre nature, mais aussi de son entourage.

Jacob, c'est un peu moi. Et Jacob, c'est un peu vous aussi.

En fait, Jacob, c'est tous ceux qui se sentent différents.

Dans la collection Graffiti